탕의 영혼들

탕의 영혼들

손유미 시집

창비

차
례

제1부

제2부

제3부

제 1 부

저
먼

뭐라 부르지 이 지독한 새벽을 나란히 누운 연인의 건강
한 코골이를 들으며 영원히…… 영원히 혼자일 것 같은 이
새벽과 새벽을 걸어 들어오는 저,

　단란한 가정
　다시

뭐라고 부를까 저, 집이랄 게 없는 것처럼 구는 사람을 거
하게 얻어터지고 들어온 사랑을 기필코 저 사랑을 오늘은
기필코, 잡는다 저들을 잡아 물을 게 있다 물어볼 게 있는데
저이들은 왜 자꾸 늙는 걸 들키나 보란 듯이 늙나 내게 수십
년에 걸쳐

　이제 막 젊은이들이
　이제 막 사랑을

심야버스를 탔다 누가 누구를 누가 어디로 가는 줄은 아
나 중요하지 않다고 내심 생각한 채로 그런 소박한 마음이,
내리고 아직 정거장은 수두룩 많은데 많은 게, 내리고 정거
장마다 차가 멈춘다 내리거나 타는 게 있으면 좋겠다 그런

마음으로 누군가는 차를 몰고 작은 것들이, 내리고 아주 작은 것들이 사랑을 시작한 이들에게서, 내리고 그러나 사랑은 견고한 채, 내리고 그렇게 내리고 모두 내리고 멈추지 않을 것처럼 사는 게 모두, 내리고 작은 균열이, 내리고 영원히…… 버스가 멈추지 않는다 가진 게 남지 않을 때까지

　견딜 수 없을 때까지

　다시

　영상을 본다 영상 속 사내가 장롱을 지고 간다

　난 그게 웃기다

　다시

　외투 관리를 오래도록 잘해서 이젠 마치 당신의

　붙박이장처럼, 원래라는 말처럼, 그대로처럼

　있는 외투를 오랜만에

　입었는데 또 그게

　잘 어울리기도

　한다 그러나

　오래된 건

들키는
구석이
있다

뭐라고 부르나 사람들은
내 등의 이것을

모두 모여 태양 모양

우리는 평화로워라

한밤에도 붉게 빛나는 대추나무 아래를 지날 때 우리의
작은 태양이 주렁주렁 열렸구나 다복하게도 열려서 이 길을
비춰주네 이런 말을 주고받으며 돌아가고 있었다 또다른 둥
근 태양을 사 들고 우리 집에 가면 이 태양을 갈라 나눠 먹으
며 부분일식 개기일식 사라진다 다 먹었다 하자 다만 손을
타고 흐르는 붉고 맑은 물만 남았다고 그러나 우리는 알지
우리에겐 또다른 태양이 남아 있다는 걸 내일도 내일의 내
일의 내일이라도 따뜻한 기운을 채워줄 붉고 둥근 불운

아닌 것들이
있어 그런

생각을 하면 허리가 곧추선다 목이 길어지고 잘 씻은 청
포도알처럼 이마가 깨끗해진다 우리

평화롭지? 평화로워라 우리 평화롭지? 안전하다 대수롭
지 않다 의연하다 나란하고 가지런하다 카세트테이프처럼

보리냉차처럼 우양산처럼 식물원처럼 채광처럼 소포처럼
뜰처럼 우리 좋아하는 말들을 반복해서 걸어나갈 때 별안간
주위를 채우는

　붉은 트랙을 달리는 러너의 땀방울
　포물선을 그리며 떨어지는 농구공
　뛰는 아이들의 볼 뺨
　아이가 넘어진다 무릎이 까진다 딱지가 앉는다 그리고
　새살이 돋기까지 얼마간의 시간
　그걸 바라보는 오후 고양이의 홍채 얇아짐 가늘어짐 길
어짐

　긴

　비가 온다

　한소끔 식히러 이 모든 풍경을
　타고 흐르는 붉지
　않고 맑은

비가 내려

모두 집으로 돌아가고 그래서
우리도 돌아가고 있었지

붉고 늙은 불안
아닌 것들을
가지고

탕의 영혼들

목욕탕

목욕탕에 가고 싶은 마음과

목욕탕에 가야 하는 몸을 살뜰히 모은다 위기의

순간을 앞둔 주인공에게 친구들이 선한 기운을 모아주듯
이 그리하여 악당이라는 세력을 물리치고 행복한 결말 모두
활짝 웃으며 달려나가는 그런 결말이 내게는

목욕탕

목욕탕에 있다

대욕탕과 쑥탕
게르마늄 온천과 쑥탕
온탕과 쑥탕
해수탕과 쑥탕
잠깐 열탕 잠깐 냉탕 쑥탕을

오가며 풀어놓은 나의
이완된 근육들 그리고

제 뼈에 그걸 붙이고 다시 일어나는
탕의 영혼들

나는 불은 때를 밀고
영혼들은 제 뼈에 내 근육을 다진다

나는 없애고
영혼들은 불린다

아 아 아

나의 근육과 영혼들은 비누를 묻힌 채 탕 사이를 오가고
서로가 마시는 음료를 나누다 자기들끼리

자, 이제 탕을 나갈 시간이야 모두 모여 오늘은

누가 집엘 갈 거야? 허벅지가 닿을 정도로

모여 앉아 의논을 하다가 먼저
나가버린 건

젖은 머리의 내가 아니고
나를 다진

큰 몸이

텀벙
텀벙

집으로 돌아간다

아
아 이전에도 이런 일이 있었니? 나는 묻는데

아 아 아 모두들 어디론가 사라지고

목욕탕의 울림만 남아서

저렇게 돌아가면 집이 다 젖겠는데……
나 혼자 걱정을 하고

팥알만큼이나 팥알만큼이나

팥죽을 지나치게 오래 끓여도 되나 적당히 끓인 것만 못할까 누군가, 왔다 인기척이 들렸다 현관엘 나갔는데……이런 식으로. 한눈을 팔아서 한눈을 팔지 않았다면 맞이할 수도 있었을 중요한 순간을 놓쳐버렸다 그러니까

가장 맛있는 팥죽이 지나가버린 것 같아 공들여 쑨 게 이런 식으로 지나가기도 하네 맛을 잘 아는 이웃에게 주고 싶은 팥죽 나의 옹심이 같은 이웃 사람 팥죽 같은

옥수수 같은 그런
토마토 같은 걸
유난히 좋아하는 이웃 사람
열매의 동그라미를 좋아하는 나의 이웃 사람은 아마

좋은 사람 누군가에게
좋은 사람일걸

조금 뭣하게도…… 돌연

팥죽 같은 밤에 나는 전화를 걸었네 당신은
자고 있었다 잠을 자고 있었어 정말 잠에 취해 있었는데
어떻게 잠을,
자요

지나치게 끓인 팥죽은 너무 되고 된 것은
무섭고 분득 누군가에게

좋은 사람 당신 아마

모르겠다

무엇을 놓치려고 오는지 또
저 인기척은

여러그루 금귤나무

잃어버리는. 실업을 하고 잃어버리는 꿈을 많이 꾼다 어젠
형이랑 놀았다 나 저 형과 노는 게 재밌어 마냥 형을 따라
다니는데 저 형은 몇살이람 어림잡아…… 나는 내가 저 어린
형의 동생인 것도, 어른인 것도 알았다니까 이런 잠결에도

방문이 이만큼 열렸다. 다른 방문은 안 그러는데 이 집에
서 이 문은 꼭 이만큼 저 혼자 열린다 뭐, 집이라고 해봤자
　혼자라고 해봤자
　그래 돈벌이라고 해봤자
　그래도 식구라고 저녁은 같이 먹는 것처럼

껍질째 먹지. 씨는 뱉는다 어릴 때 이렇게 먹었던 것 같아
낑깡을 꿈에서도 껍질째 먹지. 씨는? 묻는다 형은 계속 바깥
으로 씨를 뱉는데 나는,
　밖으로 씨를 뱉으면 안 된다는 생각과 아무래도
　이 꿈에 씨는 없을 것 같다는 생각과 너는
　이 꿈의 어디쯤 나오는 줄 아니? 짐작해보라고

말해야지

깨면

　해야 할 일들이 자꾸 떠오르고 무어라 뭐라 형은 말하고
저 문, 경첩을 새로 달아야 할 것 같다 비밀이 멋대로 드러나
는 것 같아
　문단속을 하고
　입안이 깔깔해 이를 닦고
　저녁 준비를 하다가 간단히
　꺼낼지도 모른다 형에 대해서 어떻게 생각하느냐고 그러
면 너는,

　괜히 어렸을 적 얘기를 꺼낸다 이만큼
　열린 문밖에서 그런데
　이건 꿈의 일부인가

　나갈 시간을 놓쳤느냐고 저랑 너무 오래 노는 것 같다고
　사뭇 진지해진 형은
　또 뭔가

깨면

이런 꿈이었다. 오늘은 네게 말해주고 싶어 주먹을 꽉 쥐고 잊지 않았어 빨리 네가 돌아왔으면 좋겠는데 어느덧 홀쩍 지나간 시간들에 문득 돌아보니

방 한가득

웃자란 금귤나무가
웃자란 금귤나무가

바람에 흔들린다

애관극장 앞에서

메시지가 왔다

'애관극장 앞에서 만나'

누구지? 누군데 이 새벽에
애관극장이라니

나는 뭐라 답장해야 할지 몰라 망설이다가 까무룩
잠에 드는데

메시지가 왔다

'꼭'

꼭 그래 그러자 자고 일어나 갈게 만나자
답장을 보내고 싶은
마음으로 갔다 그리고
안내자를 만났다

나를 따라와요
갈 데가 있잖아요

안내자는 삼각 깃발을 흔들고
나는 우리 둘뿐인데 그러지 말아요 그러지 말재도…… 안
내자는 계속 깃발을 흔들며, 누가 둘이래요? 했다

안내자는 언덕을 오르고
나도 따라 오르고

구시가지 골목을 돌고
나도 따라 돌 때,

안내자는 둘, 셋, 넷, 여섯……이 되고
깃발도 그만큼 많아져 너무 많은 깃발에 둘러싸여 앞이
보이지 않는대도…… 아무도 내 말은 듣지 않고

오늘의 마지막 장소는
이 투어의 마지막은

마지막으로……

제각기 마지막 장소를 소개할 때,

저기요 이런 거
흘렸어요

내 주머니에 손을 찌르고
가는 사람

고마워요 인사할 새도 없이 깃발 속으로 사라져
놓쳤을 때, 내 주머니에 들어온 건
반으로 가른 영화표 그리고

'오늘 잘 봤어 다음엔 내가 보여줄게'

메시지가 왔다

수면 장소

바다표범은 열다섯시간을 잡니다 그리고 나머지 시간은
잠자기에 좋은 장소를 물색하는 데 쓰죠 목소리를

끝으로 라디오는 끝났고 그건 디제이가 물러났다는 것
누군가 자러 갔다는 것

잠 그래 좋은
잠 나도 자야지
잠, 하며 따라 누웠는데

잠은 움직임의 서랍
잠은 움직임의 기쁨

내 기쁨 서랍이 곤궁하여 잠이 오질 않았다 그러나 내 서
랍 깊숙이 잘 정리해둔 춘곤과 식곤 눈꺼풀 속의 여름빛 그
리고 깊은 곳에 웅크린 동면의 습성……이 있어, 그중 하나
를 꺼내어

잠 그냥 잠

속에 빠지길 기다렸다 길고 상심한 시간을

주무르다 한마리 바다표범을 빚어낼 때까지

시간 점토로 빚어낸 바다표범이 자거나

자기 좋은 장소를 찾아낼 때까지 그리하여 나는,

바다표범을 따라 하거나

따라가며

온 잠을 다 누리고

잠으로 무한 목욕을 한 후

누적된 피로와 권태 관절의 습관으로부터 자유로운 몸이
되겠지 바라니 바라나니 이 잠 이후에 나는 지난날의 실례

와 책망 좌절로부터 무관한 새 몸이 되기를

　새 옷만큼 기쁜
　새 몸 갖기 그러나

　시간이 주물렀다 나를 잠은 바다표범처럼
　혼자 자러 떠났고 한참을 지켜보던 내
　서랍은 무언가 포기한 듯 오늘을
　간곡히 잠 청함 그러나……라고
　정리한다

나들이

낚시하러 가자기에 가까운 저수지에 갔더니 빤하게도
물이 말라 있었다 그러나 예상했다는 듯이
누나 저 앞까지 가라 하네 물길이
좁아지는 곳으로 가라 해서
간다 가라니까
간다

볕에 타버릴 목덜미를 생각했다
앞선 너의 굵은 목을 바라보며

달그락
달락

　도시락을 흔들며 내가 좋아하는 매실장아찌 김밥 네가 좋
아하는 고기는 들어가지 않은 김밥 낚시는 됐고 그늘진 데
앉아서 도시락을 열자 말하는데도 너는 물비린내가 진동하
는 곳으로 사건의 진원지 같은 곳으로 발을 멈추지 않고 나
는 금방이라도 주저앉을 듯이 무릎을

툭툭
꺾으며

돌을
말을

골랐다 내가 너보다 어른이니까 말을 골라 운을 떼야지
저수지에서 우린 할 말이 있다는 걸 잊지 말자고 슬슬 배가
고프다고 이제 그만 걷고 그만 먹자고 하는데

내 동생 물이 마른 자리 같은 사람이

누나 실종, 한다

언제 저렇게 커버렸을까 위험하게도 저렇게나
먼 곳에서

실종. 실종하고 싶은 마음을 붙잡고 사는 걸 알아? 기필코
실종하고 싶을 때마다 이토록 저수지의 물을 다 빼고 기다

리는 사람이 있어 내가 할 수 있는 건 아무것도 없다는 걸 보
여주는 사람이

있어
알아?

저토록 위험하게 타는
살을 내놓고

우린 여기까지야, 한다

접속

누가 사나봐

살겠지 누구라도 그래 그렇겠지 그랬단다 그런 말을 주고
받으며

돌아가고 있었다 사는 데로 우리가 살지 않는 데에서 사
는 동네로 오래된 차를

폐차시키고. 더는 탈 수가 없다고 벼르고 벼르다

폐차시키며. 정말로 더는 탈 수가 없는지 확신이 서질 않
아 기어코 자신이

없어질 때까지 서 있었다 폐차장에서 그곳의 사무 공간에
서 결국 그간 했던 잘못된 선택들을 다

나열하게 됐지 신중히 소곤소곤 머리를 맞대고 진지하게
서로의 잊은 잘못을 생각해내며 깨웠다 잠들어 있던

그곳에 사는 이와

우리와 살던 이들 잊으려고 애썼던 이들을 죄 깨우고서야

돌아가자고. 다 같이 서명을 하고 아주 많은 폐차 옆에 우
리들의 차를 대고 키를 넘겨주며 어쩌면 아주 먼 곳으로

팔려 갈 수도 있다는 설명을

들었다 쉽게 떠오르지 몹시

더운 나라 벗은 듯 옷을

입는 나라 우리들이 가보지 못한

나라들에도 사나봐

누군가

살았다 살아 있었다 살기도 했고 산다는 게

견딜 수 없는 날들에 만난 사람이

있었지 그런 말을 할 때 떠오르는 수많은 얼굴들 그리고

그중 최후의 얼굴이 지금 우리들 중엔 없는

그 얼굴이

방문

임종을

기다리고 있었네 우리 자매여 졸음을 옆구리에 끼고 앉아
조금만 조금만 더 참아내자고 그런 순간에

회벽 바깥에선 노인이 김을 맨다 진밭을 밟아 땅을 단단
하게 만드는 것 또한 노인의 일이라 여기면서도

아아, 진흙이 마르길 기다리느라 좋은 날은 다 가버렸구
나, 한탄하시네 하지만

노인이여 흙이 마르면 마른 대로 턱을 괴고 앉아 우리

침이라도 뱉지 않았나 그렇게 길러낸

작물의

이름들을

외워봅시다 임종이

오지 않을 때에는 그러자 이제 다른 것들을

알고 싶구나, 하시네 더 중요한 것들이 있었던 것 같아 두
렵구나, 하시자

오한이 드네 자매여 나를 안아줘 그렇게

날짜를 넘기며 이제야

오나 오너라 오려무나 이보게 자네 하나

보자고 몇이 왔는지 바깥의 소리가

넘어온다 침을

흘리지 말아봅시다 나는 소매로 입가를 닦아준다 그리고

마침내

우화는 끝나고

이만하면, 기만하지 않은 자세로 당신을 보낸 것이 아닌가

순면의 손수건으로 몇번이나

입을 틀어막을 찰나를

벼리는 시간들

속에서

기민히 사라진

과거형으로 말해줄래?

단속을 마치고 문을 닫듯이,
오래 헤맨 문장에서 네가 빠져나가려고 하네

그래 과거형으로 말할게
달리 부를 수 없는 나의 동성 지인에게

그날의 우리는 공터에 드러누운 들개 같아서
충분히 길들었는데, 그걸 모르는 들개 같아서

너른 공터를 모두 내뛸 수 있을 것 같았다 누워 있을 때조
차 힘이 넘치던 나의 대퇴근과 너의 둔근을 어쩔 줄 몰라 절
절매던

밤이 아침으로 날들로 시간이
곤두박질쳐서 오늘로

나는 누워 있어. 과거형으로 말하자면

40

우리는 누워 있었다. 누워 함께 떨며 지켜봤지 우리 대신
전속력으로 내달리던 덩치들을 충분히 바라봤다 쫓기는

심정 달리 부를 수 없는
심정 밤과 아침의 날들을 두들겨 패서 만든

곤죽을
손아귀에서 뚝뚝
떨어뜨리며 우리 누워서

말했다
그날

우리가 덩치들보다 먼저 내달렸다면 머리를 풀고 힘껏 근
육을 써서 달렸다면 맞이했을지도 모를 모든 풍경을

잔뜩
떠올리다가 순간,

동성의 지인이었던 사람아, 사라지니
사라졌다

그날 내가 뺏지도 않고 빼앗긴 것들에 대하여 말을
꺼내기도 전인데

쓰르라미 울 무렵

달아나고 있었네

잡목을 헤치며
시커먼 그늘 사이를 디뎌

텀벙
딤빙

발을 빠뜨리기도 하며 그러나 미처 다 빠질 새 없이
다른 발을 디뎌

달음박질했네
꽤 오래 달리고 있었다는 생각 그리고

문득 잊었지

달아나는 이유 생각나지 않아 하지만
달아나는 게 익숙해 발이 멈추지
않고 일단 익숙한 대로 발이

발을 뛰게 두고 서서히
속도를 줄이다 속도를
없애며 마침내
멈추고 시간을
죽이며 서
있을 때
나는,

기다리게 되었나 그런 분위기 속에서
기다리니 그런 분위기에 알맞게

홀연히

나타났다
목소리가

나는 이맘때가 되면 그렇게 눈물이 나는구나
너의 자른 머리가 어울리지 않아 눈물이 나

마침내 사위가 환해지고
기다렸다는 듯이 마저 말한다

너를 알아 내가

시간이 지나고 나는
달리고 있었네 다시
전속력으로

잡풀을 꺾으며
물웅덩이 사이를 디디기도 하며

그 사이에 숨어 있을 목소리를
찾고 있었다

나를 아는 사람이
남아 있다니

중얼거리며 많은 걸

기억해내며

제 2 부

수의(壽衣) 같은 안개는 내리고

신이 멀어
귀신의 손을 잡는다

아름답지 못할 바엔
잡귀가 되는 게 낫다

침묵의 사랑을 무시했던
옛날이야기는 다시 쓰여야 한다

말하지 않음은
기도가 저주임을 일찍 알아버린 탓이었다

탯줄로 자라지 못하고
미움을 먹고 자라 그랬겠다

정오보다 못생겼겠지

귀신은 거울의 뒷면과 더 친하다

다정한 표정을 갖고 싶어
얼굴에 다섯 밤씩 새겨 넣었다

신은 하나였지만
내 것은 아닌 것 같았다

버림받을 바에야……

매일 밤,
송곳니를 빼고 아득바득 노는 여자를 알아

미래의 어느 날
송곳니가 심장의 모양으로 동그래지면
모나지 않은 사랑 노래를 부를 수 있겠지

수의 같은 안개는 내리고

저 안엔 친구들이 많아
저들의 손을 잡아야 잠에 든다

쌍둥이

누나,
내 뒤통수엔 검은 새가 살아
눈 한번 깜빡이지 않는
긴 부리의 비밀이 살아
새는 나는 곳마다 검은 웅덩이
긴 부리가 만든 시커먼 멍들
나, 속내를 흘리고 다니나봐
저기서 시작된 빗속에
내 비밀이 쏟아지면 어쩌지 비실비실 오줌처럼
누나,
이 비행은
새의 본능일까, 내 것일까
헷갈려
(창밖 가득 쏟아지는 새들과 함께 너, 떨어지며 지껄인다
이동네는무서워육교가가까워추락이가까워
머리가 드디어 땅에 닿을 때 너, 웃는다)
그리고 누나,
그거 알아?
엄마가 돌아왔어

쌍둥이

애,
나는 유령인가보다
내 말에 대꾸 한번 하질 않잖니
팔차선 도로 한가운데의 팔자라더니
십팔평 아파트 한가운데에서 메아리를 기다리는 꼴이야,
매일이
나물도 먹어라
(질긴 시금치나물)
내일은 뭘 해줄까
실뱀 같은 화를 내는 우리 엄마
십팔평짜리 소꿉놀이를 한다
바람은 적자적자적자, 불고
우리의 엄마는
너네까지 이러면 내 인생 모조리 핏빛 적자잖니, 하고
상을 엎는다
칼이 어디 있더라, 찾는 사이
뒤통수에 구멍을 키우는 동생이 기척도 없이 다가와
내가 그랬지? 엄마가 돌아왔다고
웃는다

우중(雨中)

비가 내린다

툭
툭

목에 밧줄을 건 작은
여자들이 내린다

먼저 내린 여자들은 저희끼리 손을 잡고
돌아가자며 발을 구르고

이제 내리는 여자들은 벼랑 같은
내 얼굴을 붙잡아

툭
툭

나를 깨운다

구름이 내려오면 잠깐,
고요해지고

구름만큼 넓은 챙
모자를 사 와야지, 중얼거리자

작은 여자들이 자기 모자를 건넨다
모자를 바꿔 쓰고 친구 하자고

나는 큰 여자인데

나보다 먼저 작은 여자들과 친구가 된
이웃이 있다 벼랑에 앉아 밧줄을
엮더니 어느 날 다 자란
언덕이 되어버린

명상원에서

찰박이는

얕은 물을

부러 밟는

발소리

쉬쉬 숨을

뱉으세요 목소리는

말한다 찰박찰박

쉬쉬 대흉근을

열어 숨을 가득

채우고 셋 둘

하나

뒤로 걷듯 모두

비워내라고 할 때,

나는 생각

생각을 해야 한다고 진짜 생각을 정말 이제 진짜 진짜의
생각을 해야 한다고 생각했다 찰박찰박 쉬쉬 대흉근을 열었
다 흉곽을 조이며 뒤로 걷듯 떠올린 것은 마침

여름 홑청의

이불이 바람에

날리고 고개를

숙이며 그 사이를 오가는 작은

뒤통수들

쉬쉬 저이들끼리 오가는 저 뒤통수의 얼굴들을

쉬쉬 나는 떠올린다 물이 지나간

자리의 물을 보듯 쉬이

쉬이 눈을 감을수록 보이는 게 있습니다 목소리는

말하고 어느새 나는 뒤통수를

따라가는 또 하나의 뒤통수 저이들의

가쁜한 몸을 따라잡는 뒤통수가 되어

숨이 가쁘다 그리고 입에서 터져 나온

옛 지인의 이름

저 지인의 삶이 탐날 때가 있었지 저이의 삶에 그토록 간
절히 내 머리를 들이밀고 차지하고 싶었던 순간이 내 앞
에……

모두 발을 씻고 돌아가세요 목소리는

말하고 셋 둘

하나 자리를

뜰 때,

홑청을 뜯어내듯 내

머리를 뜯고 가는 사람

그런 눈

사랑이 망할 때마다
녹지 않는 눈이 내려

하늘의 살을 덮고
오래 잔다

꿈속에선 아무 잘못이 없어
이마를 내놓고 놀고

하늘에선, 내가 나를 포기하는 속도와 상관없이
눈이 계속 내리고

그럼 꼭 사면될 수 있을 것 같아
즐겁게 맞고

눈이 그치면 돌아가야겠지만
돌아갈 곳이 없어 눈은 그치지 않는

그런 꿈

그런 밤은
영영 밤이고

어느 날 다시 궁금해지겠지

가망이 없어 사랑이 망하는 걸까
사랑이 망해서 날 망치는 걸까

날씨의 숲
연인의 방

허공을 꼬집으면
바람

음을 맞춰 이를 가는
작은 천둥

창문엔 내내 비가 내린다

숲 한가운데에서 연인은 머리채
잡힌 인어처럼 흔들리고,

식욕이 팽배해져서
구름

사경을 헤매다 눈을 맞춰
벼락

서로가 하나도 둘도
아니라는 함정에 빠져

돌연
안개

수렁
수렁

비는 잦아든다 언젠가의
슬픔처럼 그러나

수렁
수렁

언제나의 비는 서로를
휘감고 누워

환절기의 사람들

키가 작은 나무의 숲으로
몸을 감추러 오는 사람들이 있다

나무보다 크고
숲보다 작은 사람들이다

숲보다 높은 곳에 평원이 있다고 하자,
몸을 감추고 평원으로 가자는 사람들이 생긴다

평원에는 말로만 듣던
평화가

얼굴을 여밀 새도 없이 칼바람은 몰아치고

평원에 도착하기 위하여 약간의 희생이
필요하다고 하자, 키가

작은 순서대로 줄을 서야 한다는 이들이 나온다
나무보다 작은 사람을 먼저 자르고……

많은
희생을

치르지 않고 가고 있었다 평원으로 목을
가리고 추위가 누그러졌다고 말하며

숲의 이동이 시작되었다

걸어가는 사람과 걸어가는 사람을 뒤따르는 사람들 숲
밖에 서 있는 사람과 숲 밖을 떠도는 개들 그리고

이미 평원을 밟고 있는 사람이 있다고 하자,
모두 발을 멈추고

토론하는 사람들

토론하는 사람들을 바라본다 원탁에 둘러앉아 사랑과 희생에 대해 말하고 신뢰를 나눈다 감정의 북받침을 믿는다 믿어서 우네 토론하는 사람들은 세상의 모든 가치를 사랑하고 사랑하는 모습을 사랑한다 서로 악수를 나누며 마침내 내가 발언할 차례가 되었을 때 나는 사랑은 쉽고 희생은 편리합니다 사랑과 희생이 싸게 치릅니다, 발언하지 않는다 안전한 일과 방이 필요하다

토론하는 사람들은 기쁨에 커진 몸집으로 화합의 장에 간다 무리 속에서 혼자 취할 때 시간은 얼마나 거대해지나

모두가 떠난 토론장에는 싸구려 일과 사랑의 미래가 잠깐 있고,

아는 어른을 지날 때 드는 생각

외출을 했다 외출하고 싶지 않았는데 외출을 했고 길에서 아는 어른을 만났고 인사를 하지 않았다 나는 저 어른에게 인사를 하지 않은 게 처음이 아니다

인사를 하지 않네 인사를 안 하는 사람이네, 저 친구 나는 어른을 뒤에 두고 어른의 목소리로 말한다 인사를 하는 건 어렵시 않시반 어른이여, 나는 하는 일이 없고 할 일이 없고 계획한 일이 없습니다 나는 아무것도 하고 싶지 않습니다 어른이여, 나는 살아 있는 사람 역할입니다

어른을 지나고 나는 후회한다 외출을 하고 어른을 만나고 혼자가 훼손되었다 동네 개는 우리를 보고 짖는다

어디까지 돌아갔을까, 어른이여 나쁜 의도를 갖지 않은 가까운 미래여 오늘 당신은 나를 발견하고 여기구나, 여기 서부터 너의 삶은 걷잡을 수 없이 보잘것없어졌구나 우리의 삶을 이해하게 된다

오후의 빛 너머 최악의 상황에서 지켜보는 나여

당신에게 가까워지는 길이다

제 3 부

벌내로

소 농장이 염소 농장이 되는 동안 밤나무엔

밤송이가 열렸다 떨어졌다 열렸다…… 계속 내내 더이상

줍는 사람이 없을 때까지 밤송이를 밟아 밤을

줍던 이는 산책을 떠났나 멀리로

염소를 몰고 가듯 혹은 끌려가듯

물방울처럼 땅 위엔 아는 봉분이 여러개

무거울 정도로 풍성한 나무에선

따악 따악

밤과 떨어지는 소리가 들렸다

이제껏 느껴본 적 없는 가장 긴 시간이 떨어졌다

부근리 고인돌군

고인돌을 보게 될 것이라고 생각하며 눈을 떴다. 이건 내 생각인가? 자는 내내 누군가 편안하게 내 머리를 쓰다듬으며 '고인돌을 보고 싶어. 내게 고인돌을 보여줘. 고인돌을 보러 갈래. 너는 가게 될 거야.' 속삭인 것 같았다. 나는 내가 봄으로써 누군가에게 보여줄 수 있다는 걸 알았다.

가장 가까운 고인돌은 여기서 7킬로미터, 삼천여년 정도. 시간 반대 방향으로 조금 걸어가면 6.7킬로미터, 이천구백여년 정도. 멀지 않았다. 충분히 걸어갈 수 있어서 버스를 탔다. 버스는 해가 지는 방향으로, 시간과 반대 방향으로 시간당 마이너스 백여년의 속도로 갔다. 시내에서 성문 밖으로 논으로 머리에 보따리를 이고 가는 아낙이 나타났다 사라질 때까지.

기사는 여기서부턴 걸어가라고 하네. 종점이었다. 내가 내리자 한 노인이 암탉과 개를 데리고 버스에 탔고 버스는 다시 해가 뜨는 방향으로, 시간의 방향으로 출발했다. 차창 밖으로 노인의 허리가 빠르게 굽고 머리가 세는 게 보였다. 그리고 얼마 못 가 닭이 내렸고 또 얼마 못 가 노인이 내렸다. 컹컹 개 짖는 소리를 뒤로하고 나는 내 갈 길을 갔다. 안내 표지판이 있어서 헤매지 않을 것 같았다. 뒤에서 자네! 나를 마주치지 않는가! 외치는 소리가 들렸지만 대답하기에 멀어서 관뒀다.

한참을 걸었다. 무언가를 잊어버렸다.

한참을

한참을 기억하자 정수리가 뜨겁고 입이 바싹 말랐다. 속으로 '논에 물 대듯 내게 그늘 좀. 그늘 그늘 그늘……' 노래를 불렀다. 노래가 끝나갈 즈음 돌연 그늘이 생겼다. 머리 위로 실뱀을 문 백로가 날고 있었다. 실뱀을 문 백로 그림자 아래를 걸었다.

가는 길에 절이 하나 나왔고 백로가 힘들 것 같아서 백로를 보내주기로 마음먹었다. 절에 숨자 백로가 나를 잃어버리고 금방 잊어버리고 날아갔다. 속으로 '절대 해방 해방 해방……' 노래를 하며 절에 들어가자 한 팔로 대웅전 추녀를 떠받들고 있는 여자를 만났다. 여자는 지루해 보였다. 나는 악수를 청했다. 여자가 다른 손으로 악수를 받았다. 여자는 화장실에 가고 싶다고 잠시만 추녀를 대신 들어줄 수 있겠느냐고 물었다. 나는 개방 시간 안에 고인돌을 보러 가야 한다고 말했다. 그러자 아주 찰나라고 했다.

나는 그 여자보다 힘이 약해서 두 손으로 받들어야 겨우 들 수 있었다. 그래도 힘이 달려 흔들렸나. 스님이 나왔다.

스님은 내게 속았다고 말하네. 그 여자는 사기 혐의 때문에 벌을 받고 있었다고 목탁을 치며 말하네. 그럴 바엔 좀 도와달래도 목탁만 치네. 그러며 이 또한 너의 잘못이니 앞으로는 네가 대웅전 추녀를 들고 있으면 되겠다고 했다. 그때 여자가 바지춤에 젖은 손을 닦으며 돌아왔다. 스님은 목탁을 치며 사라지고 나는 나도 모르게 속으로 '절대 해방 제발 제발 제발……' 노래를 부르며 추녀를 다시 여자에게 넘겼다. 여자는 반대 손으로 받들었다. 지겨워 보였다.

고인돌 근방은 제초 작업을 하고 있었다. 가까이 다가갈

수록 날벌레처럼 마른 풀이 내 몸을 휘감았다. 눈이 따가웠다. 그래서 눈을 감고 걸었다. 감으로 갔다. 그러니까 알맞은 부축을 받고 있다는 기분이 생겼다.

누군가 마중 나와 있었다. 그는 자신을 이 묘의 후손이라 소개했다.

고인돌은 잘 있었다. 반가웠다. 껴안고 싶을 만큼.

하지만 참았다. 나는 돌아가야 했으므로. 그 묘의 후손이 아쉬워했다. 그는 나에게 작별 인사를 하며 함께 온 그 사람에게도 인사를 전해달라네.

돌아가는 버스 정류장에서 추녀를 받들고 있던 여자를 만났다. 우리는 두명 이상이라 택시를 부르기로 했다. 버스가 먼저 도착했다. 개 두마리가 타고 있었다. 버스를 보냈다. 택시를 계속 기다리기로 했다.

계속 기다리기로 했다.

시간이 벌써 그렇게 됐다.

나는 삼천여년만큼 알 수 없게 돼버렸다.

서문안마을

시내에 갈 일이 생겼다. 성문을 통과해야겠다. 북문이 가
장 멀고 동문이 가장 가까웠다. 남문도 가까웠다. 서문을 통
과해야겠다.

서문은 한마리 범이 지키고 남문은 초록 눈의 봉황이 지
킨다. 나는 범을 지나서 들어가야 하는데 도통 자신이 없었
다. 그래서 친구에게 도움을 청했다. 친구는 거대한 고양이
와 함께 살았다. 서문 앞 아름드리나무 뒤에 숨어 친구를 기
다렸다.

가까운 정류장에서 버스를 기다리던 사람과 눈이 마주
쳤다.
무언가를 들키고 무언가를 알아봤다.

계속 기다렸다.

서문 안에서 한 노인이 걸어나오자 범이 일어나 인사를
하네. 노인은 착하다며 주머니에서 뭔가를 던져줬다. 범이
그걸 쫓아 사라졌다. 서문이 비자 어쩐지 침범하고 싶어졌

다. 내 안에서 강력한 힘이 샘솟고 지금이 기회라는 생각이 생겼다.

그러나 노인은 내게도 착하다고 하네. 갑자기 착해져버린 나는 노릴 수가 없어져버렸지.

친구에게서 전화가 왔다. 고양이가 사라져서 나살 수 없다고 했다. '착하지? 착하다?' 하며 찾는 소리가 들렸다.

언제나 생긴다 호시탐탐 빈자리를 노리는 것들은. 서문은 계속 비어 있었고 나는 슬슬 초조해졌다. 나발을 불고 초록 불을 올려 알리고 싶어라 무엇이 지키고 있음을. 어리둥절 하게도 내가 그러고 싶어라. 그때 훌쩍 뛰어넘어 들어가는 저것.

남문은 붉은 깃의 봉황이 지키고 서문은 파란 눈의 범이 지키는데 덩달아 나는 숨어서 지켜봤다 계속을. 훌쩍 넘나 드는 저것의 계속을.

평화전망대행

평화전망대에 가기로 했다. 터미널에서 만나기로.

약속 시간보다 이르게 도착했다. 대합실에 앉아 기다렸다. 기다리는 사람들 틈에 기다림을 맡기며 기다리는데 맞은편에 앉아 우는 여자와 눈이 마주쳤다. 그러자 여자가 울며 다가왔다.

우는 여자가 울며 우리를 따라다녔다.

버스도 택시도 우리를 태워주지 않네. 하는 수 없이 조금 걷는데 우는 여자가 울며 손을 흔들자 승용차 한대가 멈춰섰다. 울적해 보이는 운전자가 우리를 데려다주겠다고 했다.

우는 여자가 조수석에 앉아 울며 잤다. 울적해 보였던 운전자는 교통방송을 들으며 차선을 이리저리 바꿨다. 운전을 정말 잘해서 아무도 깨지 않았다.

평화전망대에 들어가기 위해서는 신분증 검사를 하고 표를 끊어야 했다. 매표소 직원이 평화와 맞먹는 담보가 있느냐고 물었다. 운전자가 잠시 차 안을 살펴봤고…… 잠시 후 울적해 보이기도 했던 운전자는 눈물만큼 부드럽게 우리를 내려주고 왔던 길로 돌아갔다.

평화전망대까지 걸어가기로 했다. 우는 여자가 여전히 울며 따라왔다.

계단을 올라야 하는데 학생들이 단체 사진을 찍고 있었다. 그런데 사진사가 웃으세요! 할 때마다 우는 여자가 더 크게 울어버렸다. 학생들이 동요했다. 대형이 흐트러지면서 선생님과 사진사가 동요했고 우리는 당황했다. 학생 몇이 따라 울었고 그런 학생들을 보며 어떤 학생은 웃었다. 몇몇 공간이 따라 울고 어떤 시간은 웃는 것처럼. 누구도 더는 웃으라고 말하지 않자 천천히 잠잠해졌다. 그때다 싶은 사진사는 빠르게

후에 사진에는 벙쪄 있는 학생들과 시공간이 그리고 그 뒤로……

학생들이 떠나자 계단의 실체가 드러났다. 무엇을 누적하고 무엇을 반복하면 이다지도 가파를까.

평화전망대에 올랐다. 망원경에 오백원을 넣고 우리는 잠시 각자의 평화를 바라봤다.

나는 잠시 혼자일 수 있었다.

전망대에서 내려오자 한때 울며 다녔던 운전자가 울던 여자를 기다리고 있었고 둘은 한 차를 타고 떠났다. 어쩐지 우리도 이제 하나가 될 수 있을 것 같았다.

나는 다시 터미널에 가야 했다. 맡겨둔 기다림이 있었다.

답동성당과
내동교회
사이

사람과 사람
아닌 힘이 만들어낸 길을 따라 걸을 때

사람으로서 나와 사람
아닌 내가 가지런해지네

다섯 손가락과 나섯 손가락
얌전한 양손처럼

드러나
걷네

부드러운 크림처럼 발리는 빛의
보온

종아리를 감고 지나가는 꼬리의
살랑

꽃의 목을 꺾기 위해 내미는 작은

부리들

이 길은 누구나 받아들이시고 그리하여
무른 과일을 골라내는 손길로
우리를

거두어
걷게 하시니 마침내,

두번의
깜빡임

한번의
입맞춤 같은

마주침

모든 것이 될 수도 있었던
지나침들과

내게 남은 평범한
사랑의,

합장

하나의 기억이 손을 풀어
용서해줄 때까지

그 하얀 손바닥이 고개를
들어줄 때까지

상영

별안간 보이지 않아야 할 게 보이기 시작해서 안과에 갔다

퇴적층처럼 쌓여 있다고 속눈썹이 속꺼풀에 오래된 속눈썹과 근래의 속눈썹이 엉겨서 잘 떨어지지 않는다고 말하며 의사는 핀셋을 들었다 그리고 조명했다 어느 날의 것을 떼어내려고 내 눈꺼풀 속에 기억된 퇴적층을

설산에 떨어뜨린 바둑돌처럼 희붐한 염증 위에 대뜸 놓인 검은 기억 들여다보자 머리를 숨기고 하얀 발을 내놓네 의사는 기억의 발을 간질여 실토하게 했다 그러자 기억이 발을 두고 달아났다 무엇을 숨기려고?

의사가 안 되겠다며 눈을 더 뒤집어 까고 조도를 올렸다 **고장난 영사기처럼** 기억하지 않아도 될 기억들이 순서도 없이 막 튀어나왔다

유물 발견 결함 발견 화석 발견 결석 발견

의사가 몇개의 속눈썹을 떼어내고 조금 어려운 위치에 있

던 결석도 제거했다 나의 기억들이 잘 정돈되고 있었다 깨
끗해지고 있었다 나는 멀어져가는 기억을 배웅했다

눈사태가 날 것처럼 눈물을 쏟을 것 같았다 의사가 미안 미
안 잘못 건드렸다고 했다 눈사태가 난다면 바둑돌은 찾지
못하게 될 텐데 어떤 부분은 다행

뭐가 보이냐고 물었다 나는 진짜 보이는 것, 보려면 볼 수
있는 것, 보여도 상관없는 것, 볼 수도 있지만 안 볼 수도 있
는 것, 대부분 사람들이 보고 싶어 하는 것 그러나 내가 보고
싶은 것……을 두루 포함해서 잘 보인다고 말했다 무엇이
두려워서?

나는 조금 밋밋해졌지만 살 것 같았다

령
영
넋

옛터를 지날 때,

내가 보고 싶었던 영혼은 거기 없었다 집이었던 곳엔 집의 영혼이, 그 집 식구였던 사람은 그 집 영혼의 식구 영혼이 되어 있었으나 그것이었던 그것의 영혼은 거기 없었다 오래 먹은 숟가락 그 영혼은 어디 있는지

흑백사진으로 남은 사람에 대한 기억은 어쩐지 흑백으로 떠오르고,

나는 흑백 기억의 영혼이 달아오르는 순간을 상상한다 고추밭이었던 곳에서 고추의 영혼을 따 먹고 붉게 달아오르다 못해 뜨겁게 익어버리는 상상 포슬포슬한 영혼의 단백질이 되어 상위 포식자 영혼에게 잡아먹히는 상상 그러나

내가 보고 싶은 영혼은 어디에도 보이지 않고,

어느 문의 영혼 앞에서 기다려야 할까
엇갈리지 않기 위해서

나를 드나들 수 있는 문은 하나는 아니다 열몇개는 된다
폐쇄 폐쇄 폐쇄 폐쇄……를 거듭했음에도

흑백사진으로 남은 사람과 팔짱을 끼고 흑백사진을 남긴
사람이 후에 몇장의 컬러사진과 짧은 영상을 남기고 영혼이
되었다면 어떤 모습으로 기억날까?

그건 아무렇게나 남아 있는 사람들의 몫

몇겹의 어둠 뒤에서도 빛나는 불빛처럼 수십의 사람들 속
에서도 빛난다 문을 틀어막고 싶은 마음은 또다시 폐쇄 폐
쇄 폐쇄 폐쇄……를 거듭하고 싶어라

영혼이 우세한 세계가 오면 모두 앞다퉈
몇근의 근육을 버리고 몇 리터의 뜨거운 피를 쏟아내겠지

복숭아와 오다

흐르는 물에 복숭아를 씻길 때

복숭아는 여름의 결실

분홍은 여름의 애교

이 모든 걸 담아낸 말랑이는 마음이

함께 흘러

손에 닿는다 그러면

　나는 여름 소나기 안에 갇힌 사람 우리는 여러 여름의 비를 거쳐 온 끝에 여름의 열매처럼 살아 있음의 애교처럼 말랑이는 살로 도착한 사람들 그리고 그 속에 숨은 굵은 의도를

　그냥 마음 가는 대로 읽게 두는,

산뜻한 오해들 그리고 물이

그친다 물에 맞은 작은 멍을 도려내 먹기 좋게

썬다

멀리에서 기다리는 복숭아 일부를 안고 있는

멀리서부터 도착해온 복숭아

모두를

시간과 가다

홀렁홀렁 옷을 벗고 지나간다, 시간이

나는 옷을 주우며 뒤따르는 사람

어떤 옷은 개고 어떤 옷은 얼룩을 지우려 손빨래를 하고 어떤 옷은

입었다 벗을 때,

아이의 잠을 확인하려 쑥 넣어본 손가락처럼

내가 잠시 다녀온 곳은

바람에 머리를

날리듯 끊임없이 흐르는 시냇물에 머리를

적시는 아이들의 모습과

그걸 따라 하려고 애써 숨을 참는

내 시간 최초의 옷자락 속 작은 몸

옷 속으로 쑥 민물고기가 들어왔다

나는 매번 시간보다 느렸다는 걸 알게 되었다

시간의 예감만으로 죽어갈 수 있구나

혼자 남겨진 사람의 목소리 그리고

거기 누가 있어요?

부드러운 속력으로 이동하다 문득 멈춰 돌아보곤

나를 주워 담고 다음으로

이동한다

떠오르다

탱자를 넣고 빚은 술의 맛을 좋아하던 사람과

엎힐 때마다 새우젓국을 찾던 사람이 먼저 가서

한 시절 술을 빚은 손과 젓갈 항아리를 닦은 손이 이제
쉬네

쉬며 점차 말수를 줄여나가네 끝끝내

여생이란, 네발로 기어 큰 혀 위로 잠들기까지의 시간이
라는 생각이 절로 떠오를 때까지 그리고 나는

술독에 떠오른 탱자와 냄비에 가라앉은 새우젓과 같이

기울어진 노동의 사랑에 대해 생각한다

그이들의 삐뚤어진 어깨뼈에 고개를 맞춰 내 몸을 기울이
며 생각해

한 항아리를 다 채울 만큼 땀을 흘리게 만든 것은 무엇
이지

땀 없이 넘기는 목 넘김의 맛은 무엇이지

내 여생으로는 알 수 없을지도 모를 그 맛 끝에

떠오른다 항아리 속으로 탱자만 한 주먹이

새롭게 움켜쥔 주먹 속에

다른 곳으로 향하는

시선이

순록
부락

유목민과 함께 지내던 탐방 기자가 마침내 자국으로
돌아가야 할 때, 유목민은 기약했습니다

순록이 많은 곳에서 다시 만나기를

순록

순록은 풀의 머리 순록은 약속의 땅
순록은 대자연의 순순 순록은 땅의 섬 그리고 나는,

땅에 누워 순록의 이동을 떠올립니다

압도적인 고독과 언뜻언뜻한 외로움 사이를 짚는 순록의
발과
허공을 찌르는 뿔에 열매처럼 매달린 고요와 같은 것들이

떠오르네요 불쑥,
빙하 안의 시간이 깨어나 맑게 흐르는 것처럼

어떤 시간은 좀 어리둥절하고 약속은 유지되고 순록은 뿔
에 그런 것들을 매달고 이동합니다 들과 산에 협곡과 생명
의 다함까지

다시 만나기를 이 어리둥절함 끝에서

내 땅과 같은 마음,
흔들리지 않습니다

제 4 부

밤 시절

그토록

외따로이

그토록

더없이

사람

                    *

재개발단지에 남은 마지막 가정같이 위태로우나 어떤 사
명감이 생긴 것처럼 더는 가난이 다가 아닌 것처럼 이 밤을
혼자 쓸 때

무너진 것은 무엇이지 어쩌면
무너뜨린 것과 사나

창에 비친 창백한 창백하기만 하다면야 너른 사막이라도 흑백영화의 눈밭이라도 상관없을 그런 창백한 안색이다 그럼 꼭 무언가를 하는 사람 같아서 용기가 생기지 나 무언가를 할 수 있을 것 같다는 생각과

이 가구의 마지막 주민으로서 이런 밤을 어떻게 보내야 하나 어떤 행인이라노 마주치고 싶다 행인 몇이라도 행인 몇이라도……

엔딩 크레디트가 오른다 깜박 존 사이에 끝나버렸구나 결국 두 사람이 오래도록 걷는 장면을 보지 못했네 이 단지의 마지막 극장에서 이 밤의 마지막 영화를 모두 보지 못했다 내가 본 것은

너른 눈밭에

나무가

그토록

가지에

앙상한

눈이

후드득

무너질 걸 알면서도

그 속으로

걸어 들어가는

그토록

외따로이

그토록

더없는

사람

                              *

이 밤을 다 쓰고도
이 밤보다 너른

이 밤을 다 쓰고도
이 밤보다 너른

밤과 낮의 연인과

아무리 생각해도

낮의 연인은 밤의 연인보다 약해서

그럼에도 지속되는 건 낮의 연인이라

세계는 결속된 채 힘이 없다 허허벌판의 허수아비 웃는,
풀린 괄약근 무언가 새는, 목이 아주 긴 새가 아주 느리게 날
준비를 한다 고작

이 정도 어둠에 켜졌다 가로등이
이 정도에 꺼질 때 짙음과 여명 연인의 둘레가 드러나고
비로소

허기가 사랑을 이룰 수 없을 정도의
허기가 몰려온다

밤에도 낮에도
그렇게

세계는 결속된 채 배가 고프기도 입맛을 잃기도 한다 사과 껍질을 벗겨내던 하얀 손이 미지근한 보리차에 설익은 밥을 말다가 밥알을 짓이겨 입에서 손으로 손에서 다시 입으로…… 처넣는 것처럼

낮의 연인은 흙으로 수부른 형상처럼 서 있다 물기를 말리며
밤에 만난 연인들은 서로를 저 작은 창문으로 잘못 들어온 새라 여기며 두려워하고

이때다 싶은 나의
연인은 이미
저만치

신뢰하는 에게

개장수려나?

옆집이 백구와 검구를 들였다
얼마 전까지만 해도 황구가 있었는데 사라지고
백구와 검구 새끼가 생겼어

다 자란 개는 어디로 갔을까?

다 큰 것들은 어디로
가는지 그곳에서 무엇이
되는지 나는

알아야겠다 사라진
황구를 찾음으로써

백구와 검구 그리고 우리가
자라서 어디로 가는지 무엇이 되는지 그러므로

지켜봤지 일거수일투족이라 할 만한

것들을 개의 모든 짖음과 꼬리 침 꼬리 내림 묾 핥음 윤기
와 형형한 안광이 감기는 순간……을 마주하는 사람의

　시간을 지켜봤지만, 사람의
　시간은 다르지 않고 개만 자란다 사람의
　늙음은 티 나지 않는데 개는 자라서 벌써 다 큰 듯해

　무엇이든 할 수 있고 아무것도 될 수 없는 날들에 만난,
　신뢰하는 나의 ……에게

　내가 너를 믿듯 네가 나를 믿는다면 네가 나를 믿듯 내가
나를 믿는다면 나는 의심할 여지 없이 더없이 개의 자람을
자랄 수 있다 사람의 몸으로 그러니 기다려줘 데려가고 있어

　우리의 자람을 담고 있는
　개들과 우리가 자란 미래를

고양이 담벼락

내 방 창문과 담벼락 사이에 고양이가 터를 잡았다
몰랐는데 마주쳐서 알았다 옥상 빗물받이를 물그릇 삼아
있었다 고양이가 있었어 모르는 사이에
고요하고 나란하게 지내고 있었네

눈을 감으면 느껴지지
등을 맞댄

고요의 온기
털의 부드러움

우리는 서로에게 믿음직한
고요 이웃 그리고

얼마 지나지 않아 나는 나에게 이웃이 있다는 걸 잊어버
리고 말았다 잊고 지냈으므로 누군가 부추긴 것처럼

싸우고 그 싸움에

군림했지 내 안의 조용한 것들에게 시비 걺 제 속도로 다
가오는 미래를 비관함 그로써 낙담함 자초지종 없앰 분별
안 함 신뢰하지 않음 평생의 평화를 버릴 기세로 분노에 집
중 그러므로

바쁨 혼자
바쁨 분노는
바쁨 여지없게

지냈네 어느 날 고요의 말미가 창문을 두드릴 때까지
무한 분노에서 머리를 끄집어내라고 그리하여
내가 마주 본 것은,

떠나는 고양이들
더는 아니라는 듯

새끼를 챙겨 이동하는
고요들

그로써 나는
정말 혼자

나는 내가 일으킨 소음을 모두 알기에 잠을 수 없었다
다만
　너 없이 내가 어떻게 혼자 더미 속에서 어떻게 혼자
를…… 머뭇거렸다

그러자 네가 나를 보고
미묘한 표정으로 떠나네

시간이 흘렀다 내내
나는 혼자였다 하지만

때때로 그 표정을 읽고
용기를 얻어

네 고요가 그렇게 약할 리 없다
그러니 일어나 할 일을 하렴

내 고요가 이렇게 약할 리 없다
그러니 일어나 할 일을 하자

어느 날 어떤 모습으로 돌아올지 모를
고요를 기다리며

마음 바닥의 가오리

마음이 지구젤리만 해졌을 때 마음 가오리는 찾아옵니다

마음 바닥을 낮게 날아 말랑한 바다를 느끼며

달래듯 어르고

어르듯 만져

살랑살랑

해류를 바꿀 듯

가오리 가오리 하네요

가오리 가오리, 내게도 온 적이 있습니다 마음 가오리

손바닥 위에 지구를 띄우듯

등 위에 내 작고 말랑한 그래서 약한 마음을 태우고

숨기 좋은 곳 위주로 돌아다니며

구경시켜주었죠 해초 숲과 깨진 소라 껍데기를 차지한 물고기들 그리고 잘 자는 바다표범

우연히 다른 마음 가오리 등에 올라탄 마음을 보기도 했습니다

필연적으로 가오리의 천적 상어와 범고래 그리고 인간을 마주쳤고 약해진 내 마음의 천적 인간류를 마주치기도 하며

지구 한바퀴 지구 두바퀴 지구 세바퀴……를 돌아 다시 도착했을 때,

가오리는 내 바닥 마음을 내려놓네요 충분히 돌봤다고 그리고

내 등에 다른 것들을 올리죠 받은 만큼 행하라고 그로써

바닥 마음 크기만큼 내가 가진 것은,

남은 목숨에 성실할 것

데면데면하게 여기며 손님 대우 할 것

내 등에 올라탄 나의 지구들

동시에 일어나는

이제 막 읽기 시작한 책의 표지에는 바닷가를 걷는, 다 벗은

한 사람이 있다 그러나 원래 이 그림에서 그는 혼자는

아니었다 바다 수영을 마치고 허청허청 물을 빠져나온 그는 닦을 수건과 소금기 게워낼 물을 찾으며 '아 이 개운함과 노곤함을 유시하며 바라봐야지 이런 자세로 살아내야지' 하며 벅차오름을 느끼고 있었는데 그런 그를 혼자 두지

않고 멀리서 다가오는 이가 있었으니 저이는 마침 죽은 사람이었다 그렇다면 죽은 이에게 알은체하는 방법은……? 그는 그런

고민에 빠지고 그런 그를 기다려주지 않고 죽은 저이는 계속 다가오고 있었다 단정한 옷차림 생전의 모습 그대로 오히려 그가…… 더 죽음에 가까워 보일 정도로 그러나 그런 것과 상관없이 그는 인사를 건네기로 마음먹었다 죽었다는 이유로 생전부터 유지한 인심을 잃을 순 없는 노릇 아닌가! 그는 죽은

저이에게 건네도 예의에 어긋나지
않는 인사말 몇개를 떠올렸고
기꺼이 인사를 나누었는데,

이 표지는 그 장면을 잘라내고
그를 혼자로 남겨두었다

영원히 혼자 죽음만큼
혼자서만 할 수 있는 일에 대해 말해볼까

바다 바깥에서 꾼 꿈에 대하여
아무래도 혼자 꿈은 혼자 죽음 같은

꿈속에서 그 사람은 돌아오고 있었다 헤엄치는 자세로 마
른 풀숲을 헤치며 하지만 분명한 걸음걸이 그렇지 그는 돌
아오고 있구나 불명예로부터 죽음 시도로부터 멀리서도

저, 덮은 책 같은 표정을 나는 읽을 수 있구나

요의를 느꼈다 살아 있다는 걸 알았다
나는 안전하게 그를 볼 수 있었다

언제까지 혼자여야 한단 말인가!
그가 이 정도 말은 할 만하다

다른 책을 펼칠 때에도 그는 헤엄치듯 있었다
바닷물이 모두 말라 소금을 하얗게 덮을 때까지

꽤 괜찮은 개정판이 벌써 나온
옛날 책처럼 서 있어라

그 사람을 오래도록 세워둔다
살아 있음 안팎에서

걸음이 느린 사람은 느낄 수 있는

때때로 너는 소리 내어 책을 읽는데 오늘의 대목이 끝나자 문득, 내가 깨어났다 큰 물줄기가 굽이치는 모양으로 그러나 매우 느린 속도로 너무 느려 지켜보던 이들이 하나둘 자리를 뜰 때 끝까지 남아 있는 사람이 나를 보네 내가 드디어 하나의 바위를 마저 넘을 듯 오르는 모습을

그러나 너는 아직 나를 모르고,

책을 덮을 뿐이다 너무 많은 시간이 범벅된 것 같아 이제 그만 책을 덮을 뿐이다 한없이 쉬운 마음으로 귀갓길에 만난 고양이를 대하는 순정만큼으로 책을 덮을 뿐인데 그 고양이가 담벼락과 함께 넘던 것 중엔……

나는 너를 지켜보고 너는 여태도 나를 모르고,

자리를 편다 되도록 안락하고 싶은 마음과 잠들고 싶지 않은 마음이 마주칠 때 사람들은 보통 어떤 선택을 하는지 마치 내게 묻는 것 같고 잘 시간에 잠을 자기엔 불안한 것들이 너무 많다고

너는 나를 모른 채 가방을 싼다,

평생의 잠을 모조리 개켜서 그 잠들과 도망갈 듯이 몇날 며칠로 시작해…… 그 잠 몽땅을 개킬 때 그 사이로 딸려 들어가는

작은 하품
작은 잠꼬대와 흥얼거림
선뜻한 호응과 맑고 투명한 선의 용기…… 그리하여 방방한 가방이 고독과 절박 약간의 피로와 함께 몇권의 책처럼 남았네

읽다 만 책은 어디서부터 다시 읽어야 할까?

여전히 나를 모르고,

내가 마침내 야트막한 산 하나를 마저 오르듯 너의 이마에 닿자

가방이 쏟아진다

너는 퍼뜩 중요한 것들을 생각해낸다

우리 수확 미래

소문의 산으로
산의 그이에게로
가 안개 같은 소문에게로

어느 날 물속 같은 낮잠 속에서 그이는 근미래 얼굴을 만
났다 무너진 미래를 뒤집어쓰고 있는 자신을 만났어 미래의
그이가 말했다

여실히 보이는 시간이 필요하다 이 허망과 무상을 이길
만한 힘이 필요해 내게도 네게도 그러므로 우리에게는 우리
는 우리를 이렇게 포기할 수 없으므로 네가 그곳에서 그런
것들을 준비해달라 근미래에서 기다릴 테니

그러므로 그이는

산으로

묘목을

심으러

다녔다

어깨와 등허리에 짊어지며, 이 시간들아 볕을 쬐고 비를 만나 볕을 쬐고 어떤 건 타 죽더라도 볕을 쬐어 어서 나를 그늘 아래 뉘어주렴

무너지는

관절에도

기꺼운

나의 시간

내 미래들 그러나

산은 크고

그이는 작다 산은

크고 그이는

혼자다 그러므로

이게 다 무슨 소용인가 싶은 나날도 생기네 꿈속 같은 어
지러움과 혼동 이게 다 무엇인가 내팽개치고 싶은 나날이
그렇지 않은 나날보다…… 많아지네 그러므로 그이는 무력
해졌지 그이가 할 수 있는 힘이란 심긴 걸 죄 뽑을 수 있을
정도 시작하지 않았으므로 실패하지 않은 이가 될 수 있을
정도 그리하여 그이는

두려워졌다 이런 식으로 미래의 나를 만나도
되는 것인가 두려웠다 만나야 하는 것인가
두려워…… 어느새,

산그늘 속에서도

두렵고 괴로워
그이는

그이의 몸을 나무 몸통에 묶어버렸다 어디에도
가지 못하도록 그러므로 미래에도 갈 수 없네
도저히 그이는 미래의 그이를
만날 수 없었으므로 이런
모습으론 그 누구도
기꺼울 수 없어
그러나 이젠
모두

지난 이야기로 우리가 신경 쓸 이야기는
하나도 없고 다만

가네 산에 오래전 그이가 심어둔
시간 아래 뜻하지 않게 자란
버섯 그래서 수확하기 위해

누구도 침범하지 않은
우리 수확 미래가
있는 곳으로

우리에겐 작지만 여실한 미래가 필요해 그러므로 유심히
바라본다 습한 땅을 고개가 떨어질 정도로 수확 미래 하기
위하여 개나리광대버섯 녹우산광대버섯 흰알광대버섯 댕
구알버섯 붉은사슴뿔버섯을 피해 두루 평이한 시간을 찾네
이 그늘과 습기의 어지러움을 찔러

산에 오르네
땀에 몸이

젖으면 젖으라지
젖는 대로

한참을 젖으라지
젖는 대로

오르다
네가 말한다

이 산은 너무 크고 깊고 높고 계속되고 누군가…… 훼손
하려 할지라도 다른 누군가 대항하며 훼손을 막고 행여 실
패하더라도 계속되고…… 결국 훼손하려 한 사람과 그걸 막
으려고 한 사람과 그들의 후손 모두가 죽어버릴 때까지 계
속되었고 그러나 우리는 너무 얼마간의 잠깐이네

말을 마친 네가

마른 땅에 놓인 불처럼,
번져나가네 더 볼 것도 없다는 미래 인식으로
무른 땅이 찔린 것처럼,
쉽게 당하며

그러므로 우리는

멈췄다 억수같이 쏟아질 비 대신

쏟아지는 시간의 밑에서 나는 그래서

우리는 단련하는

돌 들춘 적 없는

자락 그 곁에서 자라나는

버섯의 마음씨로

너른 자리에 박힌

자유로운

우뚝

같은 쓰임이 되고자 하였는데

이제 모두 지난 이야기로 누구도 신경 쓸 건
하나도 없고 다만

오네 산에 숯검댕이 날아다니는
잿더미 사이로 늦더라도
쓰이고 싶던 사람들이
허리를 끌고서라도
쓰이고 싶던 사람들이

우리가 수없이 잃어버렸던
우리 근미래 모습으로

깨 터는 저녁

마른

깨나무를 터는 데에 특별한 이유는 없다 다만

예정된 비를 대비해 터네 나의 뼈와

뼈 사이로 내릴 굵은 비 신경과

근육 사이를 타고 흐를

비 내림보다 먼저

깨나무를 털어야지 그렇게

바닥을 내리치고 내리치고 내리치다…… 문득

기다리고 있었다는 생각

무엇을?

이 기다림을 멈추게 할 무엇이라도

그게 비일지라도?

설령 비일지라도 아무렴 비일지라도 제아무리 비일지라도……를 외며

내리쳤다 설혹을

내리쳤다 하물며 하며

내리쳐 기어코

내리쳐서 마침내

망각

같은

마침

나는 난생의 업적을 모두 끝낸 사람 같은 해방감과 그로써

쓰임을 다 해버렸다는 안도감 그리고 끝끝내의

피로감을

모두

느끼고 그것들에

몸을 내어주며 깨를 챙긴다 더는 내 몸

아닌 것들이 들고 가는 깨 자루 그리고

저녁의 문턱에서 한 사람을 만났다

그는 나를 알아보고 나의 모든 것을

가져가네 나의 망각과

이 모든 수고로움까지

나의 정체라는 듯이

속

장장(葬場)

소국 같은 눈은 내리고
우리는 검은 발을 바꿔 신고 멀리 간다

속

나오는 이들

함(哈)

구(句)

생(生)

그리고 읽는 그대들

때

언제나 현재

비밀과 죽음은 현재

곳

어둠의 아랫목과 그 건넛방

그곳에서 베짜기가 이어지거나 끊어진다

1

건넛방으로부터 베 짜는 소리 넘어오고
생은 무관히 어둠의 아랫목에 앉아 있다
그리고 가르치듯

생   **기역**

베 짜는 소리 멈춘다

생   **기역, 배에 힘주고 입술을 양옆으로**
           팬티를 입을 때 고무줄 늘이듯
           그리고 탁 하니 놓치는 소리

           니은, 수줍은 노크
           혀를 이에 대고……

생은 떠올라 몸을 일으킨다
생이 사랑을 하던 시절 가까이 다가가

지난 사랑을 본다

초록 대문 앞을 서성이던 젊은 생은 머무르고 머무르다
초록 대문의 손잡이를 니은으로 툭 치면
그 새벽 생의 사랑이 작은 발소리를 내어 나왔다

생   **디귿, 사랑이 사뿐 발을 딛는 소리**

히읗처럼 볼품없는 생에게
시옷처럼 예쁜 몸이 오고
그들은 이응으로 몸을 합쳐 밤을 헤맸지

읽는 그대들은 모를 밤을 헤매고

생은 문득 뒤를 돌아본다
무언가를 들킨 기분으로

긴 사이

끊어졌던 베 짜는 소리 다시 시작한다
끊어졌던 씨실을 이은 손이 있었으므로

2

알그당 달그당 베 짜는 소리는 넘어오고
어둠에 아무도 없다 없는 듯하다 그러나
읽는 그대들의 눈이 어둠에 익을 때
보이는 것이 생긴다

생은 여전히 아랫목에 앉아
이제는 실뽑기를 하며

생   **기역은 뭐라고 그랬지?**

대답하기 위하여 생의 딸, 구가 나타나네
구, 생과 박자를 맞춰 뽑은 실을 물레에 감는다

구   혓바닥의 힘

생   니은은?

구   누에의 머리
        여인의 끝

        길게 늘어진 치맛자락
        그 위로

        검은 발자국
        검은 발자국

        디귿, 지난 사랑의 흔적

        생은 묻고
        구는 답하네 답하며

        주고받네 시간을 노동요처럼 동시에

주고받지 못하네 긴 비밀을 물레에 감추며

긴 사이

생이 불현듯 깨달아 말한다

생   **그런데 내가 원한 건 네 목소리만이 아니었구나**
             또다른 목소리는 어디에 있는지

구가 물레를 돌리던 손을 멈춘다
동시에 베 짜는 소리도 멈추고
누설하듯, 건넛방의 불이 켜진다

3

어둠의 건넛방

생의 가장 어린 자식, 함이다
함이 혼자다

함, 물레 앞에 앉아
물레에 감긴 비밀을 풀었다 감았다 한다

비밀이 풀렸다 감겼다 한다
비밀이 풀렸다 감겼다 하며

비밀　　　<u>**ㅂㅂㅎ ㅇㅇㅇ**</u>

주파수가 맞지 않는 라디오처럼
살아 있는 이의 목소리로 지지직거린다

함　　　**(비밀을 따라 하듯) ㅁㅁㄴ ㅇㄴㄴ**

함이 물레를 한 방향 한 박자로 천천히 돌린다
물레에 감겨 있던 비밀이 리듬감 있게 풀린다
함, 잠시 비밀이 내는 소리를 감상한다
듣기에 좋다

어둠의 다른 방

구가 열심히 물레에 실을 감으며 비밀을 감추고
있다
그러나 함이 풀어놓는 비밀의 속도를 따라가지
못해,
어느새 비밀이 배경음악처럼 흐르지
그것도 모른 채……

구   **(손을 쉬지 않으며) 함이**
          함이라 부르며 말할까
          나의 가장 어린 동생에 대하여
          어느 날 도둑이 빈집을 뒤져
          가장 약한 것을 찾을 때,
          조용히 손을 들고 나오는

함   **(다른 방에서 설핏 고개를 들어 주위를 살피다**
          이내 다시 비밀 감상에 빠진다)

138

구　　　함

함이에 대하여 말할까

우리의 부주의한 비밀에 대하여

필통을 뒤져 가장 뾰족한 연필을 고르는 작은 손

저 손이 무얼 쓸까 궁금해 다가가면,

종이의 끝에서

끝까지

꿩꿩

그려놓은 나선형의 원형들 그러나

모든 진짜는 그 원을 거둘 때 보인다

구, 거의 모든 실을 물레에 감아

물레가 아주 커다란 원을 이뤘다

동시에 저 방의 함, 거의 모든 비밀을 실처럼 풀어

물레에 남은 게 얼마 없다

둘은 계속한다 놀이처럼

각자의 건넛방에서

사이

멀리서 생이 베틀을 챙기는 모습이 보인다

함과 구, 그 모습을 보고는
쉿! 놀이를 멈춘다

사이

별안간 뒤통수에 검은 새를 키우는 어린 동생,
웃음을 터뜨린다

함   <u>프흐흐</u>
         <u>으흐흐</u>

그 웃음이 생의 지난 사랑과 닮았어라

4

생이 어둠의 아랫목을 서성이며
그간 뽑은 생의 실을 두루 살핀다
살피며 정리한다

생   **(실뭉치를 빗으며)**
     이것은 내 생애의 환희
     (빗으며)
     내 생애의 기회
     (빗으며)
     기필코 놓쳐버린 시간
     (빗으며)
     백금 같던 시간

     사이

     마침내 실 정리를 끝내고
     베틀에 앉는다

생   하늘에 베틀 놓고
         구름에다 잉아 걸어

         시간을 날실인 듯
         사랑을 씨실인 듯

         알그당
         달그당*

         생은 떠올린다
         생에게 부모 형제가 있던 시간과
         한번은 가져본 가지런했던 사랑 그리고
         자식들…… 그들이 준 기쁨과 의문 그리고
         낙담……

         사이

* 베짜기노래 변형.

생은 베짜기노래를 하며
떠오른 그 모든 시간 베짜기를 시작한다

생   **하늘에다 놓고**
      구름에다 걸어

      시간을 날실인 듯

      침묵을 씨실인 듯 침범을 씨실인 듯
      상처를 씨실인 듯 피난을 씨실인 듯
      분노를 씨실인 듯 인내를 씨실인 듯
      삼포밭을 가르듯 돌탑을 세우듯

      알그당
      달그당

      묵상을 씨실인 듯 심심한 씨실인 듯
      무른 듯 씨실인 듯 물러난 씨실인 듯

숨긴 듯 씨실인 듯 둔 듯 씨실인 듯
네시인 듯 세시인 듯

알그당
달그당

두려운 씨실인 듯 부끄러운 씨실인 듯
넘어진 씨실인 듯 엎드린 씨실인 듯
다문 씨실인 듯 머무는 씨실인 듯
용기롭고 자유하게

알그당
달그당

사는 듯 죽인 듯
사는 듯 죽은 듯
아는 듯 비밀을
아닌 듯

알그당 달그당 알그당 달그당……
어느새 읽는 그대들도
그대들의 시간을
베짜기노래에
섞어내고

그리하여 손바닥에 빗금을 그으며 짜낸 것은,
한폭의 사는 것 위의 어지러움

사이

구　　**(멀리서 목소리로) 두려운가?**
생　　**무엇이?**

함　　**(마찬가지로 목소리로) 두 두 두려웠어?**
생　　**무엇을?**

사이

마침내 생이 두려움을 옆에 두고
어지러움의 한 부분을 짚어낸다
순식간에, 어떤 손이 잘라내 가져간다

5

조수 간만을 가로지르듯 뻘 한가운데 서 있었네
그러다 문득 물때가 기울어 물이 들어온다
나와 함께 간 아주매들은 나오라고 소리치는데
물 들어오는 게 아름답지 뭔가
두 다리는 폭닥 빠졌고
엎친 데 덮친 격으로 군인들도 나를 불렀지
우리가 군사 지역 조개를 캐고 있었거든
그제야 나는 정신이 들어
바닷물보다 빨리
군인보다 빨리
나가려는데

<u>프흐흐</u>

으ㅎㅎ

웃음이 터져서
싸게 생겨서

프ㅎㅎ
으ㅎㅎ

6

드문드문 베 짜는 소리 넘어오고
어쩐지 책장 넘기는 소리 같고

함, 얌전히 앉아 짓는다
생의 시간으로 짠 생의 옷을

구, 얌전히 닦는다
생의 시간이 빠져나간 생의 몸을

147

구   (닦으며) 기역

함   (배운 대로 더듬더듬)

          기 기역

          놓치는 소 소리

          멀리서 무언가 떨어지는 소리가 난다

          빼꼼 가지고 놀던 걸 떨어뜨린 어린 생이 보인다

구   니은은

함   나 나비의 머리

          여 여인의 뒷모습

          어린 생은 여기저기 나다니며 놀고

          어느새 조금 더 큰 생이 나타나

          어린 생과 놀아주기도

          어린 생을 단속하기도

          사이

구	디근은?
함	(잠시 몸을 일으켜 사뿐 발을 딛고 앉는다)
	엄마지

어린 생이 함을 따라 한다

사이

생의 시간이 다 모였는가…… 싶을 때
멀리서 젊은 생이 나타난다

젊은 생, 이리저리 다닌다
함과 구, 이리저리 바람을 느낀다

그 소리

함	**바 바람은 비읍**
구	**쉿!**
함	**쉬쉿!**

베 짜는 소리
책장 넘어가는 소리
바람 소리 소리 소리

구   (거의 다 닦았다) 두려운가?
모든 생   더는

함   (거의 다 지었다) 두 두 두려웠어?
모든 생   한번도

긴 사이

생들이 하나둘 어둠을 빠져나가고
젊은 생만이 한참을 가지 못하고 남아 있네
미련이 남았는가…… 싶을 때
만난다 멀리 마중 나와 있던 생의 지난 사랑을

7

장례가 다 끝나고 모두 자리를 떠났을 때
어떤 손이 남은 베를 둘둘 말아
포대기처럼 안고 간다

읽는 그대들 눈에는 보여라

'우리-영혼'의 시선의 조각이 모여

선우은실

시선

아래에서 위를 바라보는 시선이 있다. 이 시선의 주인은 늘 하늘을 향해 있다. 그는 하늘을 가르고 날아가는 것들을 보며 자신 역시 그렇게 되기를 꿈꾼다. 그날이 오기까지 이 존재 위로 사람들의 발이 지나간다. 그뿐 아니라 내리쬐는 태양, 어두운 밤, 들이치는 눈비를 이 일인칭의 시선은 "매일 견디는" 거라고 말하며 기다림의 끝을 기다린다. 대체로 견디는 일로만 가득한 것 같은 시간 중에도 찰나의 눈 맞춤은 존재한다. 지나가던 강아지, 나무에서 떨어지는 송충이, 그리고 키가 작은 어린이는 이 존재를 바라본다. 어린이가 이 존재를 꺾어 들고 후, 부는 순간 이 존재는 하늘 높이 날아간다. 민들레씨는 고공을 비행하며 이제는 위에서 아래를

152

조망한다. 시선이 전환된다.

그림책 『도시 비행』(박현민, 창비 2023)에 대한 이야기이다. 이 책은 '시선' 자체를 주제이자 형식으로 채택하고 있다는 점에서 특히 인상적이다. 아래에서 위를 올려다보는 시선이 위에서 아래를 조망하는 시선으로 바뀐다는 점이 이 책의 서사를 통틀어 가장 큰 전환이라 할 법한데, 주목하고 싶은 것은 다른 지점이다. 바로, 결말에 도달하는 과정에서 시선의 전환이 이미 벌어지기 시작한다는 것이다. 민들레씨가 바닥에 있던 때 그의 시선은 상공에 고정돼 있다. 그는 움직일 수 없으므로 자신의 시야로부터 벗어날 수 없다. 이때 시야에 들어오는 것은 수동적 의미의 '보이는 것'이다. 사람들의 발, 강아지의 코, 애벌레, 눈, 비, 태양이 그렇다. 그러나 얼마간 강제적인 풍경 속에서 민들레씨는 보이는 것 너머를 '본다'. 빌딩 숲뿐만이 아니라 그 사이로 비행하는 것을 보고, 계절의 변화에서 자기의 열망을 본다. 많은 존재들이 자기 위로 시선을 떨구며 눈 맞추는 과정에서 두려움과 다정과 희망을 보며 "내게 오는 모든 일"을 "겁내지 않고 똑바로" 볼 거라고 말한다. 그리고 마침내 자신이 '보고자 했던 것'을 본다. 지상에서 보이는 상공이 아니라 상공에서 보이는 지상의 풍경을.

시(詩)의 시선: 보이는 것, 보는 것, 보려는 것

『도시 비행』에서 일어나는 시선의 전환은 손유미가 첫 시집 『탕의 영혼들』에서 보여주는 '시선'에 대한 감각 및 그와 관련한 의지를 성찰하기에 좋은 참고가 된다. 이 시집에서 일인칭 존재의 눈앞에 부과된 풍경(보이는 것)은 주체로 인해 '보는 것'으로 전환되며, 그런 가운데 주체는 자신이 '보고자 하는 것'(추구하는 것)을 발견하는 동시에 그에 도달하는 것에 실패한다.

바로 이 실패의 지점. 『탕의 영혼들』이 『도시 비행』과 다른 점은 '보려는 것'에 대한 실현의 성패 여부에 있다. 그림책이기에 가능했을지도 모를 '보려는 것'으로의 도달은 기실 시라는 장르에서는 말끔하게 이룩되기 어렵다. 일인칭 주체의 발화로 이루어지는 현대시에서 '보이는 것'(주어진 것)은 적극적으로 시적 주체의 관념을 통과하며 '보는 것'(해석된 것)으로 전환된다. 이런 과정을 거치며 시적 주체는 자기 세계에 대한 판단을 내리고 그 세계 안팎에 선 자기 존재의 의미를 확인하고자 한다. 문제는 이때 이루어지는 자기 확인이 결국 세계와 불화하는 감각 위에서 성찰된다는 점이다. 시적 주체는 자신에게 주어진 '보이는 것'에 대한 해석으로서 '보는 것'에 대해 발화할 수 있을지언정, 이것은 '보려는 것'으로의 도달은 요원하다는 판단을 얼마간 포괄하는 일일 수밖에 없다. 이러한 도달 불가능한 이상적(理想的) 자기 실현에 대한 성찰, 달리 말해 세계 및 자기 자신과 불화하는 것에 대한 일인칭 관점의 해석적 발화가 곧 시이다.

그렇다면 시적 주체는 민들레씨가 그랬던 것처럼 상공으로 떠오르는 일이 결코 없는가? 얼마간은 그렇고, 그렇기에 그 이후의 '태도'가 시에서는 중요하다. 도달 불가능한 이상 앞에서 화자는 어떤 방법을 제안하려는가? 우리가 이 시집에서 마땅히 주목해야 할 것은 바로 이 지점이다. 손유미의 시적 주체들은 자신이 갈구하는 '보려는 것'에 도달하지 못하지만 그 거듭된 이행의 실패를 자기 세계의 절망으로 폐쇄시키지 않는다. 대신 그것을 시 '바깥의 존재'에게 한껏 기투한다.

'바깥의 존재'는 손유미 시 세계의 전망이 형상화된 객관물로서, 그의 시 세계를 이끌어나가는 핵심적인 이미지이다. 대개는 '영혼'으로 표상되나 여러 이미지로 변주되어 등장하기도 한다. 이를테면 물리적 규칙의 세계가 아닌 곳에 놓인 존재로서 꿈속의 "형"(「여러그루 금귤나무」)이거나, 평행 우주에서 헤매는 화자를 이끄는 "안내자"(「애관극장 앞에서」)의 모습으로 드러나는 식이다. 더 나아가서는 초월적인 형상으로 언급된다. 직관적 의미의 '영(靈)' 즉 귀신 또는 영혼의 존재를 직접적으로 호명하여 관찰하기도 하고(「령 영 넋」), 이를 (몸 안에 담긴 것이라는 의미의) '속엣것'의 말로 드러내기도 한다(「속」).

시집 제목에 '영혼'이 들어간 까닭도 같은 맥락에서 헤아

릴 수 있다. 이것은 시적 주체가 지금까지 파악한 현실에서 자기의 의지만으로 해결되기 어려운 어떤 이상들을 공중에 붕 띄워버리거나 완전히 저 바닥으로 처박아버리는 것이 아니다. 이 세계 문법 바깥에 놓인 발화자의 의지를 모아 '우리'가 도달하고자 하는 시 세계를 구축하는 것이다. 이때 이 '바깥'에 이 시집을 읽는 당신과 나, 우리 또한 포함되어 있다는 사실을 잊지 않으면서 손유미의 시를 읽어보기로 한다.

보이지 않음이 보이는 것에서 시작하기

별안간 보이지 않아야 할 게 보이기 시작해서 안과에 갔다

퇴적충처럼 쌓여 있다고 속눈썹이 속꺼풀에 오래된 속눈썹과 근래의 속눈썹이 엉겨서 잘 떨어지지 않는다고 말하며 의사는 핀셋을 들었다 그리고 조명했다 어느 날의 것을 떼어내려고 내 눈꺼풀 속에 기억된 퇴적충을

설산에 떨어뜨린 바둑돌처럼 희붐한 염증 위에 대뜸 놓인 검은 기억 들여다보자 머리를 숨기고 하얀 발을 내놓네 의사는 기억의 발을 간질여 실토하게 했다 그러자 기억이 발을 두고 달아났다 무엇을 숨기려고?

(…)

의사가 몇개의 속눈썹을 떼어내고 조금 어려운 위치에 있던 결석도 제거했다 나의 기억들이 잘 정돈되고 있었다 깨끗해지고 있었다 나는 멀어져가는 기억을 배웅했다

(…)

뭐가 보이냐고 물었다 나는 진짜 보이는 것, 보려면 볼 수도 있는 것, 보여도 상관없는 것, 볼 수도 있지만 안 볼 수도 있는 것, 대부분 사람들이 보고 싶어 하는 것 그러나 내가 보고 싶은 것……을 두루 포함해서 잘 보인다고 말했다 무엇이 두려워서?

나는 조금 밋밋해졌지만 살 것 같았다

—「상영」 부분

앞서 제시한 시에 대한 안내를 참고하건대, 「상영」은 이 시집 전반에 대한 출사표로 읽힌다. 손유미의 시는 '보이는 것-보는 것-보려는 것'의 흐름에서 각 전환의 지점을 연결 짓는 하이픈에 놓인 '보이지 않는 것'에 대해 말한다. 이때 '보이지 않음'에서부터 비로소 시적 주체의 여정이 시작된

다는 점을 눈여겨봐야 한다.

이 시는 "별안간 보이지 않아야 할 게 보이기 시작"한다는 발화로 시작된다. "보이지 않아야 할" 것이란 보고 싶지 않은 것일 수도 있겠으나, 그 자리에는 지독히도 보아내고 싶은 것, 그러나 그러지 못한 것이 기입될 수 있다. 시에 따르면 "보이지 않아야" 하는데 보이는 것은 일종의 "기억"이고, 그것은 무언가를 숨기려는 듯 달아나버린다. "기억"은 외부의 손길에 의해 들춰지고 정돈됨으로써 '잘 정리된 기억'으로 표면화되는 동시에, 정리되지 않은 어떤 부분은 더 먼 곳으로 달음박질친다. 이것은 시적 주체의 '자신이 무언가를 갈망하고 있음'의 상태 ─ '갈망하고 있음'은 곧 '갈망하는 것'이 지속적으로 박탈되고 있다는 뜻이다. 이 결핍 상태에 대한 방어기제로서 '갈망하고 있음'이 전면화되고 있다고도 볼 수 있다 ─를 형상화한 것처럼 독해된다. 왜냐하면 그가 기억의 정리를 통해 종내 '잘 볼 수 있게 된 것' 가운데 "내가 보고 싶은 것……"이 포함돼 있기 때문이다. '보려고 하는 것'이 보이지 않을 것임에 대한 어떤 두려움이나 머뭇거림으로 이 구절을 이해할 때, 바로 이어 나오는 "무엇이 두려워서?"는 그리 어색하지 않다. 그는 모든 것이 두렵다. 자신이 원하는 것이 있(었)음이 다시 기억의 저편으로 밀려나는 것이, 그리고 이편으로 불려 오는 것이. 자신이 무언가를 '보려고 하는' 의지를 가진 존재임을 다시 상기한다는 것이.

'이후'의 '보려는 것'

'보이는 것-보는 것-보려는 것'으로의 이행이 곧 시의 여정이고, '보는 것-보려는 것' 사이에서 온통 꺾임을 맞닥뜨리는 것이 대개의 시라고 할 때, 손유미는 이 '꺾임'의 순간에 머물러 있지 않는다는 점에서 진보적이다. 그의 시는 이 난감함을 미래로 밀고 나간다. 손유미는 '보려고 하는 것'의 불가능함을 자각한 '이후'를 전제함으로써 자신이 지향하는 것이 무엇이며, 그것을 어떻게 갈구할 수 있을지에 골몰한다.

뭐라 부르지 이 지독한 새벽을 나란히 누운 연인의 건강한 코골이를 들으며 영원히…… 영원히 혼자일 것 같은 이 새벽과 새벽을 걸어 들어오는 저,

단란한 가정

다시

뭐라고 부를까 저, 집이랄 게 없는 것처럼 구는 사람을 거하게 얻어터지고 들어온 사랑을 기필코 저 사랑을 오늘은 기필코, 잡는다 저들을 잡아 물을 게 있다 물어볼 게 있는데 저이들은 왜 자꾸 늙는 걸 들키나 보란 듯이 늙나 내게 수십년에 걸쳐

이제 막 젊은이들이
이제 막 사랑을

심야버스를 탔다 누가 누구를 누가 어디로 가는 줄은
아나 중요하지 않다고 내심 생각한 채로 그런 소박한 마
음이, 내리고 아직 정거장은 수두룩 많은데 많은 게, 내리
고 정거장마다 차가 멈춘다 내리거나 타는 게 있으면 좋
겠다 그런 마음으로 누군가는 차를 몰고 작은 것들이, 내
리고 아주 작은 것들이 사랑을 시작한 이들에게서, 내리
고 그러나 사랑은 견고한 채, 내리고 그렇게 내리고 모두
내리고 멈추지 않을 것처럼 사는 게 모두, 내리고 작은 균
열이, 내리고 영원히…… 버스가 멈추지 않는다 가진 게
남지 않을 때까지
견딜 수 없을 때까지
다시

(…)

오래된 건
들키는
구석이
있다

뭐라고 부르나 사람들은

　　내 등의 이것을

──「저 면」 부분

　　이 시에서 '보이는 것'은 "새벽" "집이랄 게 없는 것처럼 구는 사람" "저들", 그리고 심야버스에 탄 젊은이들이다. 그들을 통해 시적 주체가 '보는 것'은 "단란한 가정" "사랑" "늙는" 일이다. 그러나 여기에서 더 나아가 화자가 '보고 싶어 하는 것'은 "내 등의 이것"과 그에 대한 명명이다. 이는 그가 해석해낸 것('보는 것') 너머로 자신이 갈구하는 무엇이다. 자신이 기꺼이 등에 업고 가고자 하는 "이것"은 자신이 본 것을 경유하여 자신이 필요로 하는(보려고 하는) 사랑의 한 형태로 짐작된다.

　　이때 '보려고 하는 것', 즉 추구되는 것으로서의 "이것"의 정체는 무엇일까? 사랑을 시작한 사람들이 사랑을 심야버스에 놓고 내리지 않고("그러나 사랑은 견고한 채") 가져가는 것, 어디 먼 곳까지 갔더라도 끝내 다시 돌아올 수 있는 자리("집"의 변주*)로서 타인에게 곁을 주는 일, 그러므

---

　　* 손유미의 시에서 '식구'로 표상되는 가족, 형제, 타인과의 관계 양태와 되돌아올 수 있는 곳으로서의 '집'은 반복적으로 드러난다. 이는 미래적 시공간에 대한 타진의 한 양상으로 볼 수 있다. 닿고자 하는 시간의 도래를 바라는 일이면서 저마다의 자리(공

로 어디로 가는지 중요하지 않다는 "소박한 마음"을 지키는 일이 그 정체에 해당할 것이다. 그러나 이것을 어떻게 발음하고 지켜야 하는지를 묻는다는 의미의 "뭐라고 부르나 사람들은"이라는 구절에 더욱 주목할 필요가 있다. 이는 '보는 것-보려는 것'으로의 이행에서 그것을 부를 만한 언어화의 작업이 시적 주체의 것만으로는 충분치 않음을 의미하고, 그렇기 때문에 "사람들"에게 이것을 부르는 일을 함께하자고 권유하려는 태도를 암시하기 때문이다. 그러므로 이제 우리에게 놓인 과제는 이것이다. 이 명명 불가능한 '보려고 하는 것'의 전망에 어떻게 도달할 수 있을까?

보이지 않는 것(보려고 하는 것) 보기, 영혼의 시선으로

옛터를 지날 때,

간)를 상상하는 일이기 때문이다. 이는 대체로 '보려는 것'이 보이지 않음의 상태에 있다는 것을 자각함으로써, 부재한 것이 실재하기를 바라는 것으로 제출된 바 있고(「저 먼」「모두 모여 태양 모양」「여러그루 금귤나무」「탕의 영혼들」 등), 다소간 날 선 방식으로 '집에 모인 식구'를 그려보는 양상으로도 변주되어 드러난 바 있다(「쌍둥이」). 이는 손유미의 시가 향후 확장될 수 있는 시의 다른 결 가운데 하나로, 여기에서는 시 세계의 확장 가능성으로서 언급해둔다.

내가 보고 싶었던 영혼은 거기 없었다 집이었던 곳엔
집의 영혼이, 그 집 식구였던 사람은 그 집 영혼의 식구 영
혼이 되어 있었으나 그것이었던 그것의 영혼은 거기 없었
다 오래 먹은 숟가락 그 영혼은 어디 있는지

(…)

내가 보고 싶은 영혼은 어디에도 보이지 않고,

어느 문의 영혼 앞에서 기다려야 할까
엇갈리지 않기 위해서

나를 드나들 수 있는 문은 하나는 아니다 열몇개는 된
다 폐쇄 폐쇄 폐쇄 폐쇄……를 거듭했음에도

(…)

몇겹의 어둠 뒤에서도 빛나는 불빛처럼 수십의 사람들
속에서도 빛난다 문을 틀어막고 싶은 마음은 또다시 폐쇄
폐쇄 폐쇄 폐쇄……를 거듭하고 싶어라

—「령 영 넋」부분

손유미의 시적 주체는 장대한 시간의 흐름을 의식하면서
그 긴 시간을 거쳐 여기에 이르렀을 때 안식할 곳이 없음에
대한 감각을 '여기에 없음'으로 제출한 바 있다.* 요컨대 시
적 주체는 현재 이 세계에서 자신이 가진 관점으로는 '보이
는 것-보는 것'으로까지의 전환은 가능할지언정 '보려고 하
는 것'까지는 볼 수 없음을 자각한다. 그렇다면 '나'가 볼 수
없는 것을 볼 수 있는 존재의 눈을 빌린다면 어떨까? 이 세

---

* 「부근리 고인돌군」이 그 예이다. 오랜 시간이 지난 뒤에도 일종
의 영혼의 안식처로 여전히 남아 있는 공간으로서 고인돌을 보
고 싶어하는 화자는 그것을 찾아 나서는 과정에서 여러 사람을
거치며 마침내 고인돌을 마주한다. 그런 그는 정작 자신이 되돌
아가는 길을 잃고 그런 상태로 "나는 삼천여년만큼 알 수 없게
돼버렸다"고 말한다. 요컨대 영혼이라는 존재를 통해 긴 시간을
지나 먼 곳을 돌아 다시 되돌아갈 수 있는 자리(이는 앞서 언급
한 '집'과 유비된다)를 비로소 '볼 수' 있었으나 정작 유구한 시
간을 지나 보내며 자신이 되돌아갈 곳을 잃는다는 점에서 영혼
이 보여주는 전망이 자신의 그것과 완전히 딱 떨어져 실현되지
않는다는 감각을 드러낸다. 그런데 이는 뒤집어 말하면, 내가 보
지 못하는 것을 영혼의 시선으로 볼 수 있으며 내가 영혼을 통해
나의 빈 것을 채우려 하듯이, 그 역도 가능하리라는 점을 시사한
다. 즉 여기에는 없지만 타인에 의해 발굴되는 것으로서 우리가
저마다 갈구하는 미래/희망/사랑/평화가 구현될 수 있다. '보려
는 것에 실패함'에서 시작되는 손유미의 시는 '내가 보려는 것에
실패'해 "알 수 없게 돼"버렸을지언정, 그 알 수 없는 것을 다른
이의 시선을 경유해서는 구체적 형상을 얻을 수 있으리라는 기
대를 동반한다는 점에서 "폐쇄"로 읽지 않아도 좋겠다.

계 바깥의 존재, 이 시공간의 규칙 너머에 있는 존재인 "영혼"(구체적으로는 "내가 보고 싶은 영혼")이 호명되는 까닭이 여기에 있다. 이 시에서는 그러한 "영혼"을 볼 수 없었다고 말한다. 외부적 시선을 빌려서라도 이 고착화된 세계에 출구를 내고 싶었던 화자는 "폐쇄"를 거듭 발음하며 안으로 자꾸만 좁아지려고 하지만 이는 "거듭하고 싶어라"라는 말, 즉 그러고 싶으나 그러지 않으리라는 말로 끝내 지연된다. 이러한 태도는 '닫힌 문' 앞에서 절망을 선언하지 않는다는 점에서 눈여겨볼 만하다. 이 태도를 참조해 아래의 시를 이어 읽어보자.

어느 날 물속 같은 낮잠 속에서 그이는 근미래 얼굴을 만났다 무너진 미래를 뒤집어쓰고 있는 자신을 만났어 미래의 그이가 말했다

여실히 보이는 시간이 필요하다 이 허망과 무상을 이길 만한 힘이 필요해 내게도 네게도 그러므로 우리에게는 우리는 우리를 이렇게 포기할 수 없으므로 네가 그곳에서 그런 것들을 준비해달라 근미래에서 기다릴 테니

(⋯)

그이의 몸을 나무 몸통에 묶어버렸다 어디에도

가지 못하도록 그러므로 미래에도 갈 수 없네
도저히 그이는 미래의 그이를
만날 수 없었으므로 이런
모습으론 그 누구도
기꺼울 수 없어
그러나 이젠
모두

지난 이야기로 우리가 신경 쓸 이야기는
하나도 없고 다만

가네 산에 오래전 그이가 심어둔
시간 아래 뜻하지 않게 자란
버섯 그래서 수확하기 위해

누구도 침범하지 않은
우리 수확 미래가
있는 곳으로

우리에겐 작지만 여실한 미래가 필요해 그러므로 유심
히 바라본다 습한 땅을 고개가 떨어질 정도로 수확 미래
하기 위하여 (…)

이제 모두 지난 이야기로 누구도 신경 쓸 건
하나도 없고 다만

오네 산에 숯검댕이 날아다니는
잿더미 사이로 늦더라도
쓰이고 싶던 사람들이
허리를 끌고서라도
쓰이고 싶던 사람들이

우리가 수없이 잃어버렸던
우리 근미래 모습으로

———「우리 수확 미래」부분

    영혼은, 지금 우리에게 필요하지만 아무리 노력해도 주어지지 않은 것을 '보는' 우리 곁의 다른 존재이다. 이는 과거를 발굴하고 미래를 창출하려는 끊임없는 시도 속에서 호명되고 언급됨으로써 육체를 얻기도 한다.* 이 영혼은 「우리

---

  * 이는 표제작 「탕의 영혼들」에서 직접적으로 드러난 바 있다. 목욕탕에 가는 '나'가 등장하는 이 시에서 영혼은 "제 뼈에 그걸 붙이고 다시 일어나는/탕의 영혼들"로서 언급되고, 나아가 "나는 붉은 때를 밀고/영혼들은 제 뼈에 내 근육을 다진다"는 말로써 '창조'된다. 우리가 갈구하는 어떤 의지와 마음은 그것의 존재를 강력하게 보기를 원하나 눈에 보이지 않는다는 점에서 심령적인

수확 미래」에서 볼 수 있듯 여러 방식("그이", "쓰이고 싶던 사람들", "우리가 수없이 잃어버렸던/우리")으로 변주된다. 영혼의 한 형상인 "그이"에서 시작해보자. "그이"가 자기와 분별된 존재처럼 일별되어 언급되고 있기는 하나 "무너진 미래를 뒤집어쓰고 있는 자신"이라는 점에서 미래의 시공간에 미리 가닿아 있는, 그러므로 지금-여기에서는 손에 잡히지 않지만 곧 육체적 형상을 얻을 우리 자신의 얼굴로 보는 것이 마땅할 것이다. 우리는 매 시기 모든 곳에서 "작지만 여실한 미래"를 추구하고, 결국 그것을 도래시킬 존재는 자기 '바깥'의 유령이 아니라 곧 자기 자신, 나아가 여기 바깥을 그림으로써 우리 자신이 원하는 미래에 도달할 수 있게끔 만들어줄 '나-우리-영혼'이다. 화자는 "쓰이고 싶던 사람들이/허리를 끌고서라도/쓰이고 싶던 사람들이//우리가 수없이 잃어버렸던/우리 근미래 모습으로" 오고 있음을 말함으로써 "그이"를 찾아 나서는 과거의 우리가 "쓰이고 싶던 사람들"의 모습으로 미래를 이끌고 귀환할 것임을 선언하는 것이다.*

것, 즉 '영혼'인데, 이것에 형상을 입히는 일은 '나'를 내어줌으로써 가능하며 그것을 '있는 것'으로서 끊임없이 호명하는 시적 발화를 통해 실현된다. 이것이 우리가 우리 자신이 바라는 것에 도달할 수 있는 방법이다.
* 이 시가 민속적·설화적 이야기 구조를 취함으로써 마치 오래전 존재했으나 꾸며낸 듯한 시공간을 차용하고 있다면 이를 좀더

나, 너, 우리, 사람, 영혼의 시선으로 깁는 미래

  이쯤 오면 우리는 손유미의 시적 주체가 '나'가 아니라 '우리' 또는 '사람', 또는 그 너머의 유령적 존재(영혼)라는 좀더 보편적이고 포괄적인 존재 양식으로 언급되고 있음을 눈치챌 수 있다. 이는 달리 말해 '나'의 시선에서 전개되는 이야기를 '우리-보편'의 갈망으로 확장해나가는 일이라 하겠는데, 너른 전망의 가능성을 과감하게 발음하는 일을 손유미가 첫 시집에서 해내고 있음은 마땅히 주목해야 할 시적 사건이다. 이와 관련해 시집 마지막에 실린 장시이자 시극「속」의 일부를 언급하고자 한다. 이 시는 '나'의 다수성을 더욱 극적으로 밀어붙인 형태로 '생'을 등장시키고, '생'이

  적극적인 '현대'의 시점에서 재편한 시도 있다.「신뢰하는 에게」가 그 예다. "개"와 "사람"을 대조함으로써 "시간"에 대해 성찰하는 시적 주체는 이윽고 서로 다른 시간을 살아가되 동시간·동공간에 놓인 우리가 서로를 필요로 하는 미래가 될 수 있음을 간절하게 역설한다. 일부를 옮겨둔다. "시간을 지켜봤지만, 사람의/시간은 다르지 않고 개만 자란다 사람의/늙음은 티 나지 않는데 개는 자라서 벌써 다 큰 듯해//무엇이든 할 수 있고 아무것도 될 수 없는 날들에 만난,/신뢰하는 나의 ……에게//내가 너를 믿듯 네가 나를 믿는다면 네가 나를 믿듯 내가 나를 믿는다면 나는 의심할 여지 없이 더없이 개의 자람을 자랄 수 있다 사람의 몸으로 그러니 기다려줘 데려가고 있어//우리의 자람을 담고 있는/개들과 우리가 자란 미래를"

묻고 답하는 과정 속에 "읽는 그대들"을 출연자로 참가시킨
다는 점에서 광역의 시야를 타진한다. "함(哈)"과 "구(句)"
와 "생(生)"이 기나긴 시간 속에서 저마다의 삶의 의미를 헤
아리되 한 존재가 놓친(또는 하다 만) 말을 다른 존재가 이
어가는 이 장대한 서사시는 다음과 같이 끝난다. "읽는 그대
들 눈에는 보여라". 이 시에서 "읽는 그대들"의 직접 발화는
등장하지 않지만, 우리 읽는 자는 이들의 발화 안에 우리의
삶을 기투하여 그들이 보지 못한 어떤 것을 길어 올린다는
점에서 이미 그들이 놓친 것을 '보고 있다'. 그것은 저들이
보려고 했던 것일 테며, 읽는 자 또한 저들의 말로 하여금 우
리가 놓친 것을 발견하기도 했으리라. 이러한 영향 속에서
우리는 서로의 미래를 바라보는 시선이 될 수 있음을 좀더
분명하게 대면해도 좋겠다. 우리 모두에게 요원하고 또 "여
실한" 미래를 도래시키기 위해.

鮮于銀實 | 문학평론가

소복하게 담긴 흰쌀밥을 앞에 둔 듯 흐뭇하여라
나를 아는 귀신들도 흐뭇하려나
끼니를 앞두고 가장 먼저 해야 할 일,
손을 닦고 가지런하게 숟가락과 젓가락을 놓는 것
그리고 아주 잠산 가시런하게 손을 모으며
순금같이 여기며 사랑할게 오늘은 그렇게
사는 것 앞에 고개를 숙이고

2023년 4월
손유미

창비시선 488

탕의 영혼들

초판 1쇄 발행 / 2023년 4월 14일

지은이 / 손유미
펴낸이 / 강일우
책임편집 / 최수민 박문수
조판 / 황숙화
펴낸곳 / (주)창비
등록 / 1986년 8월 5일 제85호
주소 / 10881 경기도 파주시 회동길 184
전화 / 031-955-3333
팩시밀리 / 영업 031-955-3399 편집 031-955-3400
홈페이지 / www.changbi.com
전자우편 / lit@changbi.com

ⓒ 손유미 2023
ISBN 978-89-364-2488-6 03810